DRÔLES D'**AVENTURES**

Le Secret de Djem-Nefer

auteur
Alexis de Rougé

illustrateur
David Giraudon

Gallimard Jeunesse

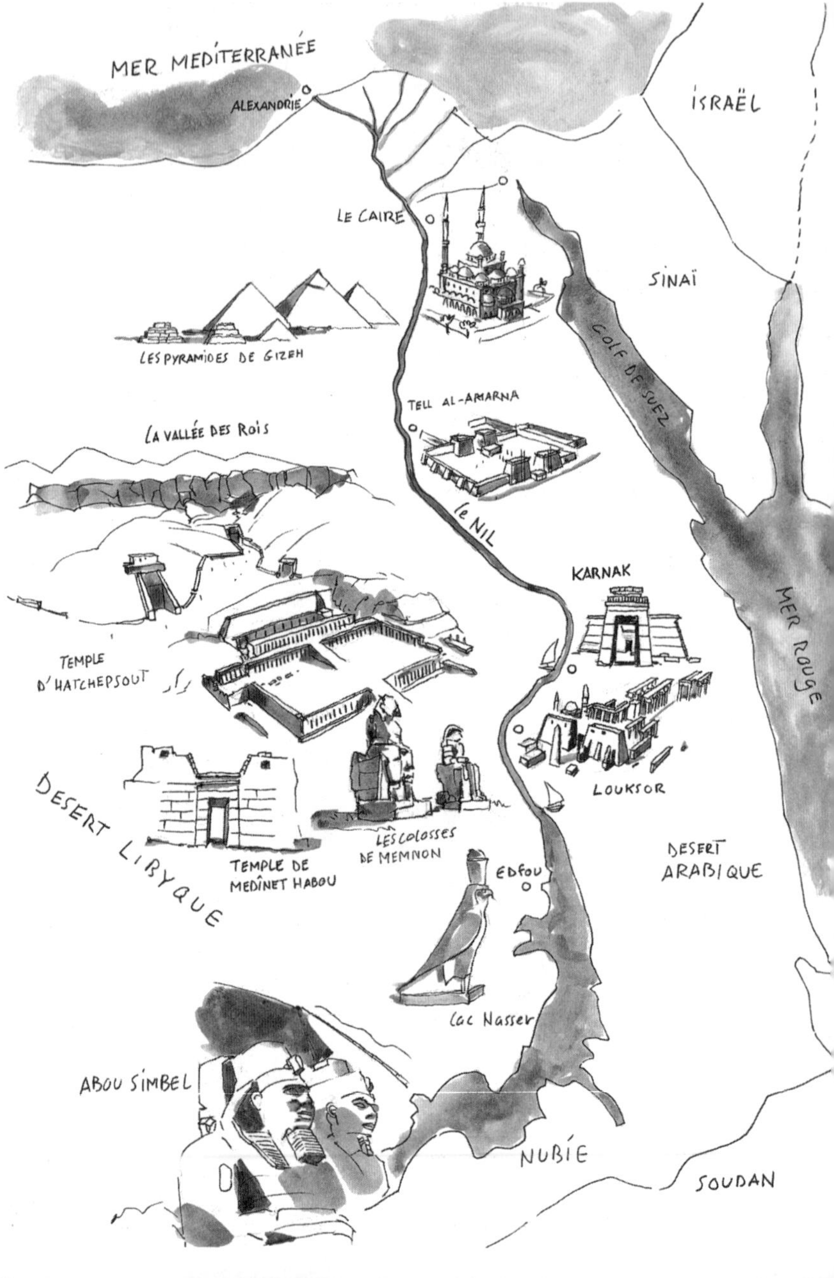
MER MEDITERRANÉE
ALEXANDRIE
ISRAËL
LE CAIRE
SINAÏ
GOLF DE SUEZ
LES PYRAMIDES DE GIZEH
TELL AL-AMARNA
LA VALLÉE DES ROIS
le NIL
KARNAK
MER ROUGE
TEMPLE D'HATCHEPSOUT
LOUKSOR
DESERT LIBYQUE
LES COLOSSES DE MEMNON
TEMPLE DE MEDÎNET HABOU
EDFOU
DESERT ARABIQUE
Lac Nasser
ABOU SIMBEL
NUBIE
SOUDAN

Chapitre 1

La montagne de Thèbes

Le temps était superbe ce matin-là. Les eaux du Nil, d'un bleu profond, scintillaient, éclairées par un soleil encore bas mais déjà éclatant. Les cris des enfants qui se baignaient dans la boue résonnaient le long de la rive.

Abder se tenait droit sur sa felouque, dans sa djellaba blanche, son turban chiffonné sur la tête. Depuis une semaine, François et son père disposaient d'une sorte d'abonnement avec Abder. Tous les matins, à 8 heures, il venait les chercher, à l'aplomb de l'hôtel Savoy, avec son vieux rafiot.

François monta après son père, prit place à l'avant de l'embarcation et fixa son regard sur l'horizon. Un cri bref signala le départ, et Abder quitta son air sérieux en s'éloignant de la berge.

Les martins-pêcheurs pies, élégants petits oiseaux noir

et blanc, continuaient leurs va-et-vient incessants, ponctués par de courtes phases de vol stationnaire au-dessus de l'eau, avant de plonger comme des éclairs. La pêche, bonne comme tous les jours, nourrirait les oisillons, et le petit oiseau au bec en sabre noir peuplerait encore longtemps les rives du Nil, comme depuis quatre mille ans.

Là-bas, à l'ouest, au-dessus des cimes clairsemées des palmiers, la grande montagne aux angles lourds, comme une pyramide géante et naturelle, les considérait de toute sa grandeur et de toute sa puissance.

La montagne de Thèbes, el Qurn, le creuset mythique de l'empire des pharaons, le gardien intemporel des royaumes de l'éternité, rejouait le même spectacle au voyageur, depuis des milliers d'années.

Les anciens Égyptiens, frappés par la beauté du site, avaient choisi ce lieu précis pour faire de Thèbes le siège de l'empire et honorer Rê, Atoum, Khépri, Horakhty, le Dieu soleil aux multiples noms attribués à ses multiples phases.

Bientôt, la felouque accosta. À l'injonction d'Abder, François débarqua et courut vers les deux chevaux tenus à la bride par Mokhtar, l'un des contremaîtres du chantier de fouilles.

Son père et lui enfourchèrent les montures et galopèrent vers la montagne, sans regarder les rues, les maisons, les canaux et les champs qui bordaient la route, les yeux rivés sur l'ouest.

Après un quart d'heure de galopade, le paysage avait complètement changé. Le chemin s'élevait, bordé de sable et de cailloux monocolores. La montagne se faisait ensemble de falaises, de plus en plus grande et complexe au fur et à mesure de leur avancée. Le désert s'annonçait.

Les temples funéraires à rampes de Mentouhotep II (à gauche) et de la reine Hatchepsout (à droite), au pied de la montagne de Thèbes à Deir El Bahari : ces temples sont uniques au monde par leur architecture en plateaux successifs. Malgré leur ressemblance, ils furent construits à 500 ans d'écart. Les deux temples comportaient des chapelles spéciales, en plein air, destinées au culte du soleil.

Au pied de ce gigantesque rideau rocheux, des ruines, des pointes, des colonnes, des rampes émergeaient progressivement du sol.

Deir el-Bahari ! les temples du pharaon Mentouhotep et de la reine Hatchepsout semblaient épouser la falaise et la montagne, formant un passage entre le chemin et l'éternité minérale, comme façonnés par un dieu.

La tête tournée vers les rampes des temples, François et son père poursuivirent leur chemin, en longeant la falaise. Les chevaux ne galopaient plus. Fatigués, ils luttaient contre l'élévation de la pente. Il faisait déjà chaud. Et soudain, un passage s'ouvrit dans la rocaille. Ils pénétrèrent dans la Vallée des Rois.

Chapitre 2

Tombeaux et travaux

La Vallée des Rois est une gigantesque nécropole taillée à même les parois de la montagne, dans laquelle presque tous les pharaons du Nouvel Empire, de 1580 à 1085 avant Jésus-Christ, ont été enterrés. Chacun de ces pharaons, soucieux de bénéficier d'une éternité heureuse, s'est fait construire un temple funéraire dans la vallée, avec ses prêtres, ses terres et ses offrandes. Mais le pharaon lui-même, ou du moins sa momie, ne se trouve pas dans le temple. Les pharaons du Nouvel Empire ont souhaité dissimuler leurs dernières demeures. Celles-ci ont été taillées dans la montagne même. L'entrée de ces tombeaux est cachée et on ne peut y accéder que par d'étroits passages parfois piégés.

L'intérieur de ces caveaux resplendit des fastes de l'empire. On parcourt une succession de salles, souvent très vastes

Les tombeaux des pharaons et des dignitaires égyptiens avaient leurs murs décorés des figures des dieux, comme ci-dessus, Horus, Anubis et Khnoum, chargés des les accueillir et de les accompagner dans leur voyage dans le monde de l'au-delà.

(près de cinquante mètres de long parfois), toutes décorées de fresques multicolores et de peintures magnifiques. Des hiéroglyphes innombrables couvrent les murs et les plafonds, présentant la vie du défunt, sa rencontre avec les dieux, des fragments d'hymne de louange ou de prière pour les morts.

Dans les étroits vallons, du côté de Dra Abou el-Naga ou d'el-Assassif, au cœur de la montagne, au milieu de chaos rocheux desséchés ou creusés dans des parois verticales, il y a encore des tombeaux à découvrir. Outre parfois des animaux sacrés, les grands dignitaires du régime, les reines momifiés s'y sont fait enterrer, restant fidèles à leur souverain jusqu'après la mort, et étalant leurs mérites sur les murs de leurs caveaux afin que les dieux leur soient favorables et qu'ils puissent continuer à servir leur roi pour l'éternité.

Au bout d'un chemin caillouteux, noyé de soleil, François et son père descendirent de cheval. En contrebas, à quelques mètres, une dizaine d'hommes s'activaient dans la poussière. On entendait des éclats de voix, des chants, des altercations, dans une atmosphère de fourmilière.

À leurs pieds, une grande ouverture béante étalait son ombre, contraste brutal dans

Dans la «Vallée des Singes», proche de la Vallée des Rois, on trouve de nombreuses tombes d'animaux momifiés. Le chat était le représentant de la déesse Bastet, mystérieuse amie des hommes, mais à la vengeance parfois redoutable.

la lumière aveuglante du matin. Armés de pelles, de pioches, de leurs mains, les ouvriers du chantier, tous volontaires mais tous payés pour leur travail, dégageaient progressivement une ouverture au fond de laquelle on distinguait les marches d'un escalier.

Le père de François, professeur d'université, avait été invité par un de ses amis, Philippe Dutheil, sur ce chantier de fouilles archéologiques. Dutheil était égyptologue à l'Institut français du Caire. À ce titre, il avait obtenu des autorités du pays l'autorisation d'ouvrir un chantier de fouilles dans une des vallées adjacentes de la Vallée des Rois. Cela consistait à élargir une excavation trouvée en haut d'un vallon. Dutheil espérait y trouver la tombe d'un dignitaire du XIe siècle avant Jésus-Christ, comme il y en avait beaucoup dans la zone. Il s'était adjoint l'aide de trois autres égyptologues français. Mokhtar, le contremaître, qui le connaissait depuis de nombreuses années, l'accompagnait dans tous ses travaux.

Pendant toute la matinée, consacrée au dégagement de l'escalier, François prêta main-forte aux ouvriers. Les hommes, bientôt couverts d'une poussière grise, ressemblaient à une petite troupe de soldats en uniforme.

La Vallée des Rois s'enfonce dans la falaise de la montagne de Thèbes au sommet en forme de pyramide. Les tombes des pharaons y sont creusées à même la roche. L'entrée était dissimulée par des gravats et des rochers. Aujourd'hui, l'entrée des tombes est aménagée pour laisser passer les visiteurs.

L'heure du déjeuner arriva. L'habitude avait été prise d'observer une longue pause aux heures les plus chaudes, entre midi et 16 heures. Mais pour ce chantier, le permis de fouiller n'avait été accordé par les autorités égyptiennes que pour dix-huit jours, au grand dam de Dutheil. Les fouilles avaient commencé il y a deux semaines, et il ne restait plus que quatre jours pour entrer dans la tombe et découvrir à qui elle appartenait. Les travaux recommenceraient donc immédiatement après l'en-cas pris en commun, à l'ombre d'une toile tendue sur quatre piquets.

Chapitre 3

La rencontre

La voie d'accès était maintenant déblayée. Les archéologues, conduits par Dutheil, s'avancèrent prudemment sur les premières marches. Un mur en ciment se dressait devant eux. Le sol était jonché de débris sur une profonde épaisseur. Pas question de continuer à avancer. Il fallait fouiller méticuleusement les débris. Du travail de spécialiste. La moindre trace, le moindre fragment de poterie, d'outil, tout pouvait être important. Les archéologues se saisirent de leurs pinceaux et de leurs couteaux, pour se mettre à racler la terre avec mille précautions.

– À qui appartient cette tombe ? demanda François à son père.

– Probablement au dignitaire Djem-Nefer,

scribe, flabellifère et ministre du pharaon Ramsès IX, répondit Dutheil. Mais nous ne pourrons en être sûrs que lorsque nous aurons franchi la porte. Auparavant, il va falloir passer tout ça au peigne fin.

– Comment peut-on savoir à qui elle appartenait ?

– On a trouvé un « cartouche », une sorte de signature, gravé à l'entrée du passage. Ce cartouche portait le nom de Djem-Nefer. Nous savons en plus, grâce à d'autres textes trouvés dans des tombes, notamment celle de Ramsès IX, que Djem-Nefer était son ministre.

– Ramsès IX ? Il y a donc eu d’autres Ramsès que Ramsès II ?

– Bien sûr ! Après Ramsès Ier et son petit-fils Ramsès II, il y eut encore neuf pharaons du même nom. Ils constituèrent la dix-neuvième et la vingtième dynasties et régnèrent sur l’Égypte pendant plus de deux cents ans. Mais aucun n’égala en prestige et en puissance le deuxième du nom.

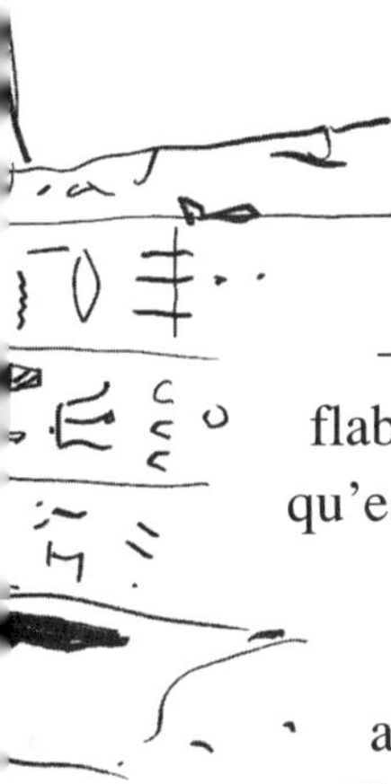

– Salut à toi, Ô Djem-Nefer, auguste flabellifère ! s’écria François. Au fait, qu’est-ce qu’un flabellifère ?

– C’était un ministre très important, parfois un prêtre ou un général, qui avait le droit de porter l’éventail royal. « Flabellifère » signifie « porteur d’éventail ».

– Et celui-là nous attend depuis un peu plus de trois mille ans ! conclut Dutheil, amusé par la solennité affectée du ton de l’enfant.

Dans l’après-midi, François s’éloigna du chantier. Il monta vers le sommet d’el Qurn en prenant soin de rester à l’ombre des grands rochers qui formaient une sorte de mur le long de la pente, puis il s’assit sur un rocher plat et regarda vers l’est. On apercevait la vallée, entre deux épaulements. Le Nil diffusait sa fraîcheur à la mince vallée verdoyante et aux multiples habitations grouillantes qui s’y concentraient.

Une ombre passa au-dessus de François, fugitivement. Il se retourna. Debout sur un rocher en surplomb, à contre-jour, un jeune garçon en djellaba le toisait. François se leva, troublé par cette présence subite.

– Bonjour, dit l'ombre, je m'appelle Imzen.

– Bonjour, je m'appelle François.

– François Champollion ! le grand savant français qui a découvert les hiéroglyphes ! Salut à toi !

– Non, pas Champollion ! dit François en riant. D'abord il s'appelait Jean-François. Mais tu parles bien le français, tu es égyptien ?

– Évidemment, que veux-tu que je sois ?

– D'habitude les jeunes Arabes ne parlent pas si bien le français. Ils vous courent après en criant bakchich ! bakchich !

– Je ne suis pas arabe, je suis copte !

– Copte ? C'est quoi copte ?

– C’est le peuple héritier du temps des pharaons. Notre langue vient directement de celle des pharaons.

– Vous parlez en hiéroglyphes ?

– Non, pas en hiéroglyphes ! espèce de « ralbol », en copte ! Les hiéroglyphes, c’était l’écriture des rois, des prêtres et des scribes. Les gens du peuple, au temps des pharaons, parlaient le démotique, la langue de tout le monde. Et c’est d’elle que vient le copte. Mais tu sais, ne dis pas trop que je suis copte. Ici, on ne nous aime pas beaucoup.

François fut spontanément attiré par la sympathie émanant du jeune Copte, et ils se lancèrent dans de longues conversations. Mais le soir tombait vite, il dut bientôt retourner vers le chantier. Ils se promirent de se retrouver le lendemain au même endroit.

Chapitre 4

Tours et détours dans la montagne

Le jour suivant, François courut retrouver son nouvel ami dans la montagne. Imzen l'attendait, assis sur un rocher.

– Viens, on va monter voir le panorama de là-haut, proposa Imzen en montrant le sommet le plus proche.

Ils marchaient rapidement, trébuchant sur les cailloux et riant de leur maladresse. Imzen lui racontait les expéditions, les touristes et les mouvements incessants qui animent les vallons sacrés de la montagne thébaine. Il lui parlait de l'attitude parfois arrogante des Occidentaux qui le considèrent lui et ses compatriotes comme des indigènes à peine civilisés. Il appelait les Français les « ralbols » et les Américains les « cow-boys », et tous ces surnoms faisaient rire François.

– Ils m'amusent ! Alors que nous sommes civilisés depuis quatre mille ans de plus qu'eux !

Le sommet paraissait encore loin. Ils s'en fichaient, ils avançaient en parlant et riant.

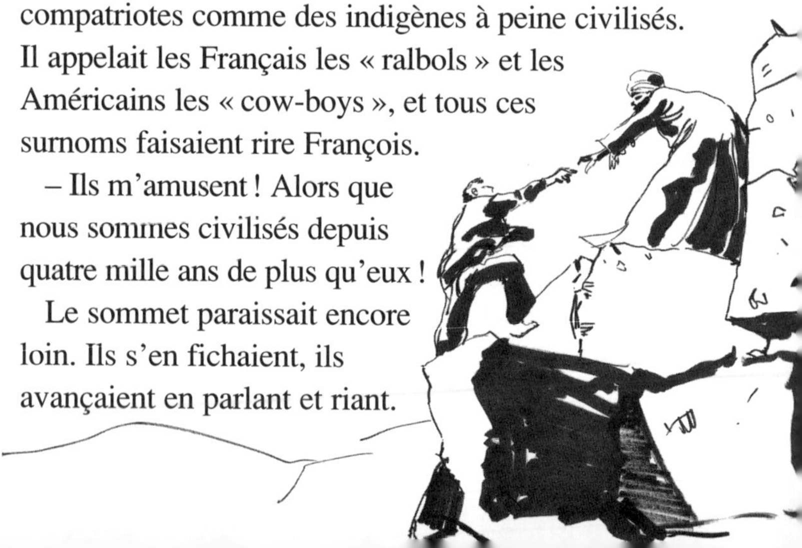

– Imzen, tu connais toutes les tombes de la Vallée des Rois ?

– Bien sûr, Champollion, je les ai toutes vues, plusieurs fois ! J'y vais quand je veux avec mon cousin qui est guide.

– Et laquelle tu préf…

Imzen se retourna. François s'était soudain enfoncé jusqu'à la taille dans une sorte de dépression sableuse.

– Imzen, il y a un trou ! Énorme ! Ça n'a pas de fond !

Le jeune Copte aida François à se dégager et ils soufflèrent un moment pour laisser passer leur effroi.

Puis ils se mirent au travail et dégagèrent la cavité. Les bords en pierre taillée par la main de l'homme leur permirent de s'accrocher et de se suspendre par les bras dans le vide. Le soleil projetait une large tache lumineuse sur le sol.

Imzen prit son souffle et se laissa tomber. Ayant amorti sa chute en pliant les genoux, il se releva et cria à François :

– Tu peux descendre, fais comme moi !

François s'exécuta, un peu angoissé, et tomba à son tour dans le trou.

C'était une sorte de grande grotte naturelle, au plafond maçonné, qui plongeait dans les profondeurs de la montagne. Ils pouvaient deviner sur les murs des peintures et des textes hiéroglyphiques, mais il faisait trop sombre pour les détailler.

– Attends ! dit Imzen en sortant de sa djellaba un petit miroir rectangulaire. Regarde un peu ça !

Il tourna le rectangle de verre vers l'ouverture de la grotte, au-dessus d'eux. Le soleil vint l'illuminer et Imzen orienta le faisceau sur les murs de la grotte.

Apparut alors une fresque immense, de plusieurs mètres, le long de laquelle Imzen fit courir le rayon lumineux. Sur le mur se déployaient des oiseaux qui s'envolaient, des buissons de roseaux agités par le vent, des poissons multicolores dans une rivière, des crocodiles. Plus loin, des personnages souriants, habillés de linges fins et plissés qui ondulaient dans la brise. Les enfants entrevirent même de grands bâtiments et de longs mâts à la pointe desquels flottaient des bannières effilées.

Autour du décor, ils distinguaient des centaines d'hiéroglyphes richement colorés.

François avait l'habitude de voir des fresques anciennes, mais celle-ci ne ressemblait à aucune. Aucun dieu, aucun personnage martial figé dans une attitude austère. Ici, tout était mouvement, ondulation, couleur. La nature paraissait presque réelle, les personnages souriaient, leurs bras s'activaient à ramasser des herbes, à chasser des papillons, en une série de scènes quotidiennes, comme sur une bande dessinée de pierre.

– Tu as déjà vu ça avant ? dit François, sidéré.

– Non, jamais, répondit Imzen, lui aussi impressionné.

Imzen s'approcha vers le fond de la grotte, tenant François par le bras.

– On dirait des sarcophages, comme dans la grande pyramide de Khéops, dit François.

– Tu crois qu'il y a des momies ?

– J'ai peur, Imzen…

Chapitre 5

Révélations mystérieuses

– Ha ! Ha ! Ha ! Ha !… résonna soudain un rire grave derrière eux.

Sursautant, les deux enfants se retournèrent et virent, tout près d'eux, une longue silhouette noire, coiffée d'un turban.

Imzen darda le rayon du miroir sur le visage de l'intrus. Un vieil homme tout ridé, un sourire mi-naïf, mi-ironique sur les lèvres, une longue barbichette blanche et pointue qui lui prolongeait le menton, les toisait, les mains sur les hanches.

– Ozer ? Mais… Qu'est-ce que… risqua Imzen.

– Tu le connais ? murmura François.

– Oui ! C'est Ozer ! un vieil original qui habite mon village, et dit toujours des longs poèmes incompréhensibles.

– Imzen, je te savais chenapan, mais pas aussi fouineur. Tu as un nouvel ami ? Un touriste ?

– Non, Ozer, un vrai égyptologue !

Il s'appelle comme Champollion.

– Ooh, bravo ! Alors, Champollion, pourrais-tu lire ces textes gravés au mur ?

– Non… non, monsieur. Je ne sais pas lire… je…

– Ozer, comment se fait-il que tu saches parler comme les ralbols ?

– Ah ! mais je sais beaucoup de choses que tu ne sais pas, petit Imzen. Je sais aussi que vous ne devez pas être là. Cette grotte est secrète et doit le rester.

– Mais…

– Chut, taisez-vous ! Ici est gardé depuis plus de trois mille ans le secret de l'Unique et de son serviteur Nefer-Kheperu-Rê Uâ-en-Rê. Ici règne encore la beauté d'Aton aux longues mains, le Dieu lumière, l'Unique, Amour absolu des hommes et de toutes les créatures de la nature :

Ô Aton ! Sublime disque vivant !
Loin et proche à la fois,
Quand tu poins, magnifique, à l'horizon du ciel,
Brillant à l'horizon d'Orient,
Toute terre est par toi emplie de ta beauté,
Lointain dont les rayons sont pourtant sur la terre,
Et de chaque être humain caressent le visage.

Le vieil homme semblait s'adresser directement au ciel. Comme pour une prière, il écartait les bras. Les deux enfants écoutaient cette étrange incantation, interloqués, sans oser bouger.

– Vous en avez trop vu, dit-il brusquement, rompant le charme. Oubliez à jamais ce que vous avez vu ! Seul le fidèle gardien du divin secret doit savoir. Sa mission est de protéger le serviteur de l'Unique !

Oubliez ! Oubliez !

Chapitre 6

Drôles d'individus

Imzen ouvrit les yeux. Aveuglé par la lumière crue du soleil, il détourna la tête et aperçut François, étendu non loin de lui. Les deux enfants, étourdis, se relevaient péniblement, le dos perclus par l'empreinte des cailloux aigus. Ils étaient étendus dehors, sur une pente raide, quelque part dans la montagne de Thèbes.

– Que s'est-il passé ?

– Je ne sais pas. On a dû prendre un peu trop le soleil... Viens, redescendons au chantier. On pourra boire un peu d'eau. J'ai trop soif.

– J'ai fait un drôle de rêve, dit Imzen. Des oiseaux de toutes les couleurs, des poissons...

– Moi aussi, répondit François, j'ai même entendu des chants, comme des poèmes, ou des prières, enfin, des trucs bizarres.

Ils retrouvèrent le chemin, un peu plus lisse, qui menait au chantier de fouilles. Mais devant eux, deux Européens leur barraient la route.

– Alors, les enfants, on se promène ?

Le plus grand des deux avait parlé, avec un fort accent. Sous son chapeau de brousse froissé, François découvrit un visage émacié et pâle. De longs cheveux noirs et gras tombaient dans son cou. Ses petits yeux noirs et rapprochés, insistants, les fixaient avec une expression évidente de méchanceté.

– On a vu de belles choses là-haut ? demanda le deuxième, un petit homme râblé et noueux, aux cheveux frisés. Son visage grassouillet et mal rasé dégageait un air chafouin. À sa ceinture, François remarqua plusieurs poches de cuir, et ce qui lui sembla être un étui de revolver sur le côté gauche.

Imzen leur lança un regard chargé de défi et passa devant eux, méfiant. À peine les eurent-ils dépassés, que les deux garçons se mirent à courir pour s'éloigner.

Les deux individus les regardèrent détaler, avec un drôle de sourire au coin des lèvres, puis ils hochèrent la tête, ensemble.

– Tu as vu ? dit François. On aurait dit que le petit avait une arme.

– Le grand aussi, un couteau de chasse.

– En tout cas, ils n'ont pas une tête de chercheurs ou d'égyptologues.

Les travaux sur le chantier avaient considérablement progressé. Les marches, libérées de l'amoncellement de sable et de poussière, débouchaient sur un passage muré d'un ciment granuleux et effrité. Dutheil et ses assistants, le nez collé à la paroi, observaient le revêtement pour y déceler d'éventuels signes gravés ou peints. À l'évidence, le bâti était récent, probablement construit après des pillages perpétrés il y a longtemps. Il ne faudrait pas espérer trouver des objets dans cette tombe. La momie elle-même aurait certainement disparu.

Malgré leur impatience, les chercheurs durent se résoudre à arrêter là leurs travaux pour ce jour-là. La nuit approchait, on ouvrirait le lendemain.

Sur le chemin du retour, François se remémora le déroulement de la journée : son équipée dans la montagne, ses conversations avec Imzen, les deux étranges individus. Mais quelque chose lui échappait. D'où lui venaient ces visions d'oiseaux et de fleurs aux couleurs vives ?

Chapitre 7
La tombe de Djem-Nefer

Le lendemain, François n'eut qu'une hâte : retrouver Imzen, qui lui avait promis qu'il l'attendrait sur le chantier. Son père s'était réveillé très tôt. Il voulait être à pied d'œuvre pour le lever du soleil. Aujourd'hui était un grand jour, celui où l'on ouvrirait enfin la tombe de Djem-Nefer. Mais pour François, cet événement était secondaire. Il brûlait d'envie de raconter ses rêves à Imzen.

Dutheil passa les prendre en camion, un sourire radieux aux lèvres. Cette journée allait le consacrer comme le découvreur officiel du tombeau, donc responsable de toutes les études et recherches qui

y seraient menées. Pour les ouvriers, cela signifiait la possibilité de percevoir la totalité de leur paie mais aussi la nécessité pour eux de trouver dès le soir un autre chantier.

Les abords de la Vallée des Rois étaient déserts. Le site exhalait une sinistre beauté. Le camion s'arrêta. Imzen vint ouvrir la portière de Dutheil pendant que les ouvriers sautaient à bas de part et d'autre du véhicule.

François décrocha un sourire, son premier de la journée. Son ami était venu. Les deux enfants

s'écartèrent du groupe pour s'asseoir à l'écart et se lancèrent dans une conversation passionnée. Imzen avait autant de questions à poser à François que celui-ci en avait pour son ami.

Les hommes étaient maintenant tous à leur poste. On pouvait commencer. En quelques coups de masse prudents, le ciment qui obstruait le passage céda. On ménagea une ouverture suffisante pour laisser passer un homme. Le cœur battant, Dutheil entra avec précaution dans la première salle, suivi de son assistant et du père de François. Les lampes frontales éclairèrent des murs très abîmés, sur lesquels subsistaient de larges pans de décorations colorées.

Les hommes, muets, promenèrent le faisceau de leur lampe sur les fresques.

– Messieurs, j'ai l'honneur de vous présenter officiellement la tombe de messire Djem-Nefer, ministre et flabellifère du pharaon Ramsès IX ! annonça triomphalement Dutheil. Comme nous nous y attendions, elle est vide, mais c'est bien elle !

Des applaudissements retentirent et les hommes se congratulèrent. François et Imzen accoururent dans le caveau.

– Alors ? C'est bien lui ?

– Oui ! répondit Dutheil, cet homme important, ministre du palais et responsable du domaine agricole civil de Thèbes, est mort aux environs de 1110.

Les ministres et nobles égyptiens avaient éga
proche de la Vallée des Rois. Certains de ces to
décorés, n'avaient rien à envier aux tombes des
retraçaient les mérites du défunt pendant sa vie et mett
vertus religieuses afin que les dieux l'accueillent favorab

leur tombeau
, richement
. Les fresques
valeur ses

Il était très pieux, comme l'attestent ces fresques montrant le rituel de l'embaumement et l'accompagnement du défunt par les dieux. Là-haut, vous voyez la liste de ses mérites, et les paroles rituelles que le défunt doit prononcer devant chacun des quarante-deux juges chargés de lui donner ou non l'autorisation d'accéder au royaume.

Je vous rassure ! Djem-Nefer semble avoir obtenu tous les passeports requis. Regardez ! le voici assis dans la barque qui traverse le fleuve des morts, guidé par Amon et Osiris.

– Il semble que notre ami Djem-Nefer ait bien servi son seigneur et maître, le pharaon, intervint le père de François. Le voici qui présente ses comptes à Ramsès IX. On distingue bien le cartouche du roi.

– C'est le roi qui est assis là ? demanda François.

– Oui, il tient le fouet royal annelé et la barbe rituelle qui pointe à son menton, et au-dessus de lui, tu vois dans cet ovale, le cartouche du roi, sa signature, son nom.

– Et devant lui, c'est Djem-Nefer ?

– Oui, il se courbe respectueusement, et à côté on voit toutes les têtes de bétail, les bottes de céréales, avec des nombres indiquant les volumes des récoltes du domaine.

– Attention le sol est fragile ! cria soudain l'un des assistants. À ce moment précis, son pied traversa brusquement la couche de poussière et il tomba sur son genou.

– Ça alors, il y a une autre salle en dessous !

Le père de François se précipita pour aider l'assistant à se relever. Très vite, les autres apportèrent des outils pour agrandir le trou creusé par le pied de l'assistant. Ils ménagèrent une ouverture assez grande pour y laisser passer une tête. Dutheil glissa la sienne par l'anfractuosité. Sa lampe frontale éclaira une paroi couverte de signes.

– C'est une petite chapelle. Curieux ! juste en dessous de la tombe. Elle n'a aucun accès. Les murs sont tous recouverts de texte, en écriture… démotique, semble-t-il, mais sans aucun décor.

Chapitre 8

Déchiffrages

Quatre hommes, serrés les uns contre les autres, accroupis ou debout, déchiffraient les textes peints dans la minuscule chapelle inférieure. Ils étaient en écriture démotique, l'écriture du peuple, sans hiéroglyphe, sans signe figuratif.

– Je ne comprends pas, dit Dutheil, on dirait un message codé. Il parle d'un cadeau, d'un voyage, d'un service rendu, comme s'il parlait de quelqu'un, mais il n'y a aucun nom.

« Sous le signe… le flambeau… de… iten… loin des yeux… protéger des serviteurs… mauvais…

du caché ». Je ne comprends rien à tout cela ! s'écria en soupirant l'un des assistants.

– Voyons, voyons, dit l'un des assistants, tout cela doit bien avoir un sens. « J'ai porté… L'homme… » Ah ! il y a un dessin ! Un hiéroglyphe ! Une sorte d'ibis avec une crête… Un plumet vers l'arrière de la tête… Que vient faire cet ibis là ? Pourquoi est-il le seul dessin dans tout ce texte ? « Fidèle gardien… éloigne… le… sacrilège… dernier… ».

– J'ai aussi un « fidèle gardien » de ce côté-là ! dit Dutheil.

– Il vaudrait peut-être mieux photographier tout cela, on ne sait jamais, s'inquiéta l'un des assistants.

– Oui, absolument ! répondit Dutheil.

Quatre déclics retentirent successivement. Les quatre murs étaient figés dans l'appareil.

– Oh, venez voir ! c'est incroyable !

Tous se jetèrent alors à terre pour regarder la chapelle.

– Les écrits ont disparu ! Il n'y a plus rien sur les murs !

– La lumière !… Les écritures n'ont pas résisté à la lumière des lampes.

– Espérons que les photos soient bonnes.

– Nous les regarderons ce soir une fois tirées, assura Dutheil, encore sous le choc de l'événement.

– Une chose est sûre ! Nous avons découvert quelque chose d'exceptionnel, que nous sommes les seuls à avoir vu depuis plusieurs milliers d'années. Étrange. La vingtième dynastie est bien connue. Je n'ai pas souvenir de rien de semblable. De Narmer, le premier pharaon, en 3000 avant Jésus-Christ, jusqu'à Cléopâtre, la dernière des pharaons, en 33 avant Jésus-Christ, il y a eu trente dynasties de rois. Ramsès IX faisait partie de la vingtième dynastie, dernière du Nouvel Empire. Nous connaissons tous les pharaons de cette dynastie mais jamais nous n'avons rencontré de texte aussi étrange à cette époque.

– Que disait ce texte déjà ? demanda François.

– Quelque chose avec un gardien, un sacrilège, et cet ibis dessiné…

– Ce n'est pas un ibis, dit le père de François, c'est une demoiselle de Numidie, un oiseau échassier vivant dans la vallée du Nil. Il me semble que c'est aussi un hiéroglyphe.

– Oui, tu as raison ! Une demoiselle de Numidie, c'est ça ! un « A » ou un « E » probablement.

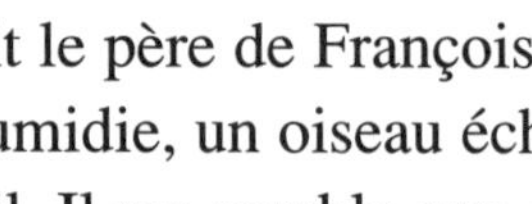

La demoiselle de Numidie, échassier africain, dont le hiéroglyphe se lit « A » dans le nom « Akhenaton », écrit dans le cartouche royal du pharaon. Ce signe est utilisé dans l'expression « A-kh », qui signifie « être utile à ».

– Mais pourquoi dessiné ? Toutes les autres lettres du texte sont en démotique, pas en hiéroglyphe…

– Ça ne vous rappelle pas quelque chose ? un nom ? un cartouche ?

– Akhenaton ? murmura le père de François.

– Akhenaton ? le pharaon hérétique ? Pourquoi dis-tu cela ? demanda Dutheil.

– Le cartouche d'Akhenaton, son nom officiel en hiéroglyphes, ne s'écrit-il pas avec cet oiseau ?

– Mais si ! s'écria Dutheil. Le « A » d'Akhenaton, c'est bien une demoiselle de Numidie ! C'est le seul cartouche qui s'écrit de cette façon !

– Mais que viendrait faire Akhenaton dans les textes d'une tombe d'un ministre deux cent vingt ans après sa mort ?

– Attendez ! Dutheil imposa le silence d'un geste plein d'autorité. Si cet oiseau représente Akhenaton, et le « gardien fidèle » est Djem-Nefer… Alors il serait le gardien secret du culte d'Aton ? Il aurait « protégé » la momie d'Akhenaton ? Qui n'a jamais été retrouvée… Il aurait évité le « sacrilège majeur », c'est-à-dire la profanation de la momie du pharaon ? « Un service rendu, un voyage »,

« J'ai porté… L'homme »… « Protégé des serviteurs du caché ». Amon signifie « celui qui est caché ». Il serait le dieu de Thèbes, celui qu'Akhenaton voulait détruire. Il aurait porté le corps d'Akhenaton pour qu'il échappe aux prêtres d'Amon qui avaient retrouvé le pouvoir après la mort du pharaon ? Pour le dissimuler ? Qu'est-ce que tu as lu toi ? « Le flambeau d'iten » ? Iten, mais oui ! C'est le nom d'Aton ! Qui pouvait se dire « Iten » ou « Yten ». Mais on ne l'a jamais écrit en démotique. Voilà pourquoi ça ne nous a pas frappés. Mes enfants, nous touchons là à quelque chose d'extraordinaire !

Enthousiasmés par cette hypothèse, les chercheurs vécurent tout le reste de la matinée dans une sorte de frénésie imaginative. Dans leurs esprits se bousculaient les supputations les plus folles sur les événements d'il y a trois mille ans.

Au bout d'un certain temps, François, incrédule, finit par attirer son père à part et le somma de lui donner quelques explications.

Chapitre 9

L'histoire d'Akhenaton

– Il y a longtemps, exactement trois mille trois cent soixante-dix-sept ans, commença le père de François, le pharaon Amenhotep III mourut. C'était un vieil homme, usé jusqu'à la corde par la maladie. Après près de quarante ans d'un règne fastueux et sans incident, le vieux Neb Maat Rê (c'était son vrai nom) s'éteignait. Les rois syrien, hittite, assyrien, babylonien, les princes du Pount, région située de l'autre côté de la mer, ou ceux du Soudan et de la Nubie s'inquiétaient tous pour sa santé.

– Comment faisaient-ils pour le lui dire ?

– Ils envoyaient régulièrement des lettres gravées sur des tablettes d'argile indiquant qu'ils priaient pour son

Amenhotep III Neb Maat Rê, le roi fastueux, se fit construire le plus magnifique des temples funéraires dont il ne reste plus que deux statues colossales appelées «colosses de Memnon». Par fort vent, il arrive qu'un des colosses vibre et se mette à «chanter».

rétablissement. Le vieil Amenhotep III avait aimé la vie, peut-être un peu trop. Il avait construit, en plus des temples, de nombreux palais au luxe inouï, et c'était dans son préféré, celui de Malgata, à quelques kilomètres au sud de Thèbes, sur la rive gauche du Nil, qu'il mourut. Ce grand bâtisseur fut pleuré par sa femme, la sombre reine Tyi, et tous les dignitaires du pays.

– Il avait un fils pour lui succéder ?

– Oui, le prince Nefer-Kheperu-Rê Uâ-en-Rê, qui n'avait joué aucun rôle jusque-là, se contentant de passer son temps avec les prêtres et les scribes dans d'interminables discussions théologiques. Le jeune prince était un être spirituel et émotif, un intellectuel, pas un guerrier. La religion était son domaine de prédilection.

– Quel âge avait-il ?

– Très difficile à dire, pas plus de vingt ans probablement. Il inquiétait l'entourage du vieux pharaon défunt. Aurait-il assez de personnalité et d'autorité pour reprendre le flambeau et diriger le plus grand, le plus ancien et le plus puissant des royaumes de la terre ? Il prit, lui aussi, le nom d'Amenhotep pour régner.

– Le même nom que son père ?

– Exactement, ce nom qui signifie « celui qui plaît à Amon ». Amon était, à cette époque, le dieu le plus important, le « roi des dieux et le dieu des rois ». Les prêtres d'Amon, dans leur temple de Karnak, détenaient un pouvoir considérable sur tout le pays. Même le pharaon ne pouvait agir sans leur demander leur avis.

– Alors ils tentèrent de contrôler le jeune Amenhotep ?

– Sans doute, mais très vite, on se rendit compte qu'il était doté d'une volonté de fer et qu'il ne se

laissait pas facilement convaincre. Durant son règne, tout le pays dut apprendre à vivre au rythme des idées de ce prince qui allait amener une des révolutions les plus importantes dans l'histoire de l'humanité.

– Une révolution ?

– Dès le début de son règne, Amenhotep IV décréta qu'il n'y avait qu'un seul Dieu, l'Unique, et que ce Dieu était Aton, le disque solaire, manifestation déjà connue du dieu Rê. Tous les autres dieux, surtout Amon, étaient proscrits et leur culte interdit. Le pharaon changea son propre nom en « Akhenaton », qui signifie « celui qui est utile à Aton ».

Il fit construire à Karnak et dans d'autres lieux sacrés d'Égypte des temples consacrés au nouveau culte. Celui de Karnak, le Gempaaton (« le disque solaire est trouvé »), dépassait en taille tous les temples érigés jusqu'alors. Il avait été construit à ciel ouvert pour laisser pénétrer le soleil et reprenait des éléments classiques de l'architecture de l'époque mais innovait également sur de nombreux points. Les statues tranchaient radicalement avec le style habituel des sculptures de l'époque. Le pharaon y était représenté avec un corps étrange, allongé, au ventre ballonné, avec une poitrine presque féminine. Son visage, fin et exagérément étiré, montrait des lèvres épaisses, un menton bas, des yeux presque bridés. Son crâne, de forme ovoïde, pouvait faire penser à une malformation de naissance. Toutes les représentations d'Akhenaton suivirent ce « code artistique ». Personne ne sait aujourd'hui pourquoi il fut représenté comme cela. Mais ce qui est sûr, c'est que lui-même l'avait décidé.

– Les autres personnages étaient-ils représentés de la même façon ?

Amenhotep IV Akhenaton, Nefertiti et leurs enfants ont toujours été représentés avec une morphologie particulière. Nul ne sait pourquoi exactement, mais il est peu probable qu'ils aient tous les deux souffert de la même éventuelle malformation.

Le Gempaaton de Karnak, immense temple bordé d'une colonnade de colosses à l'effigie d'Akhenaton croisant le sceptre et le fouet royal sur sa poitrine. Le même temple fut dressé, en plus grand, à Akhet-Aton, la capitale du pharaon. Les deux édifices furent détruits peu de temps après la mort du roi. Leurs pierres servirent aux constructions de ses successeurs.

Le temple de Karnak, auquel on accédait par une avenue bordée de Sphinx, était le lieu de culte le plus important du nouvel empire. On y vénérait Amon, le dieu « caché », dieu de Thèbes et de l'état égyptien.

– Tous ceux de sa famille et quelques autres. Parallèlement, tout l'art égyptien fut transformé. On se mit à peindre des fresques colorées et naturelles, représentant des scènes de tous les jours, des animaux dans leur milieu, des oiseaux de toutes sortes. Les motifs décoratifs avaient également changé. Un nouvel art, fondé sur la couleur et le mouvement, faisait son apparition à travers le pays. Il est presque certain qu'Akhenaton lui-même usa de son influence pour faire évoluer cet art.

– Comment le sait-on ?

– On a retrouvé certaines de ces fresques et les tombes de sculpteurs et peintres qui expliquaient comment le pharaon leur avait appris le nouveau style.

– Où sont ces tombes ?

– Dans la cinquième année de son règne, Akhenaton prit une décision incroyable. Il abandonna Thèbes, la capitale historique de l'empire, la cité du dieu Amon, pour construire une ville entièrement nouvelle dans un endroit désert à trois cents kilomètres au nord, sur la rive droite du Nil. Il nomma cette ville Akhet-Aton, ce qui signifie « la cité de l'horizon d'Aton ». En cinq ans, la nouvelle capitale sortit de terre avec ses palais, ses temples, ses habitations, ses avenues, ses cités d'artisans et d'ouvriers. Un ville magnifique, spacieuse, et tout entière orientée vers le culte du soleil. Akhenaton s'y installa et y resta jusqu'à la fin de sa vie, se préoccupant uniquement de problèmes religieux et se consacrant au bonheur du peuple de la capitale sainte. Des tombes y furent aménagées pour lui et ses fidèles. Ce sont elles qui nous en apprennent tant.

– Qui étaient ses fidèles ?

– Il avait épousé la belle Nefertiti-Nefer

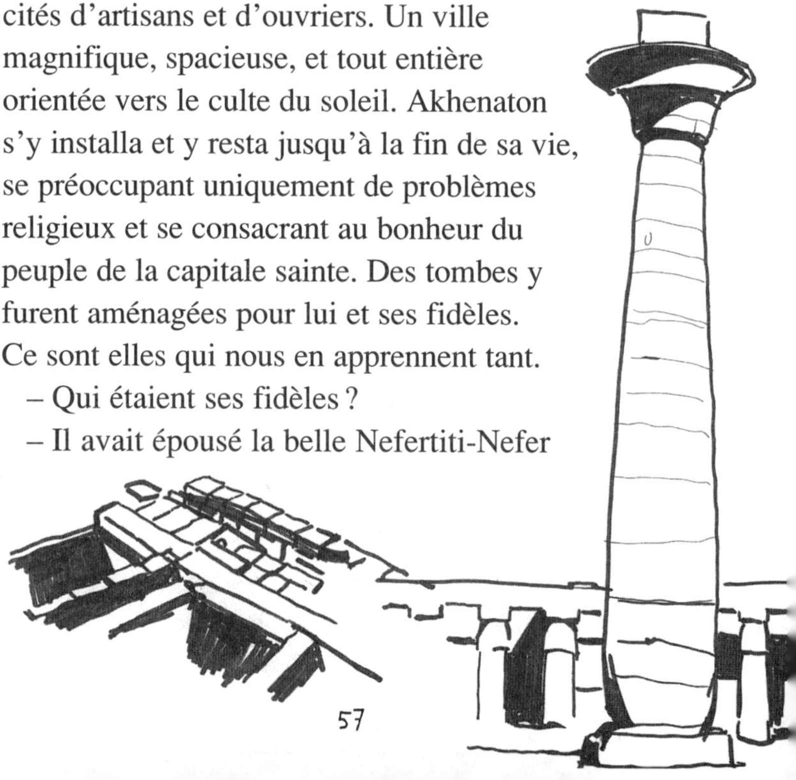

Neferouaton qui l'accompagnait en tous lieux et particulièrement dans l'exercice du culte d'Aton. Leurs six filles les suivaient également dans le temple. Le pharaon et la reine aimaient à se faire représenter en famille, embrassant leurs filles ou jouant avec elles, dans leur intimité. Tout cela était du jamais vu.

– Un pharaon pacifique et familial…

– Pas tant que ça. Il réprima durement les cultes des autres dieux égyptiens. Leurs temples furent détruits, les fresques et les statues martelées dans tous les lieux de culte du pays. Cette répression fut particulièrement dure envers Amon, le dieu de l'État, dont les prêtres avaient acquis trop de pouvoir et trop de richesses. Les prêtres furent renvoyés dans les

campagnes y travailler la terre. Il était désormais interdit d'écrire et de prononcer le mot « dieu » au pluriel.

Akhenaton délaissa la politique extérieure, la gestion des affaires intérieures, la diplomatie. Les souverains étrangers lui reprochaient beaucoup de ne pas les traiter avec assez d'égard et de ne pas leur envoyer assez d'or ! Il ne vivait plus que par et pour son dieu unique. Autour de lui, ses fidèles, conquis par sa ferveur profonde et sincère, et par la beauté qui émanait de cette nouvelle religion, tentaient tant bien que mal de le suivre.

– Comment son règne se termina-t-il ?

– Il semble que vers la fin de son règne, les choses se dégradèrent, et lorsqu'il mourut, le pays plongea dans le chaos. On ne retrouva jamais sa momie. Sa tombe avait été creusée à Akhet-Aton mais il n'y fut jamais enterré. Personne ne sait ce qu'il advint de ses fidèles et de son culte. Quelques années après sa mort, tout redevint comme avant, ou presque. Le dieu Amon redevint le roi des dieux, et Aton sombra dans l'oubli, retrouvant la signification qu'il avait avant, un simple nom qualifiant le disque solaire. La ville d'Akhet-Aton, abandonnée quelques années après la mort de son créateur, fut impitoyablement détruite, parfois même jusque dans les fondations des bâtiments.

– Combien de temps dura son règne ?

– À peu près dix-sept ans, sans que l'on sache exactement comment tout s'est terminé. Mais Akhenaton a fait rêver des générations d'historiens, de chercheurs, d'écrivains et d'aventuriers, et ça dure encore…

– Et maintenant ?

– Maintenant voilà qu'aujourd'hui, devant toi, un vieux texte vient nous dire qu'un homme aurait protégé la momie du pharaon maudit, que l'on croyait détruite, deux cent cinquante ans après la mort d'Akhenaton !

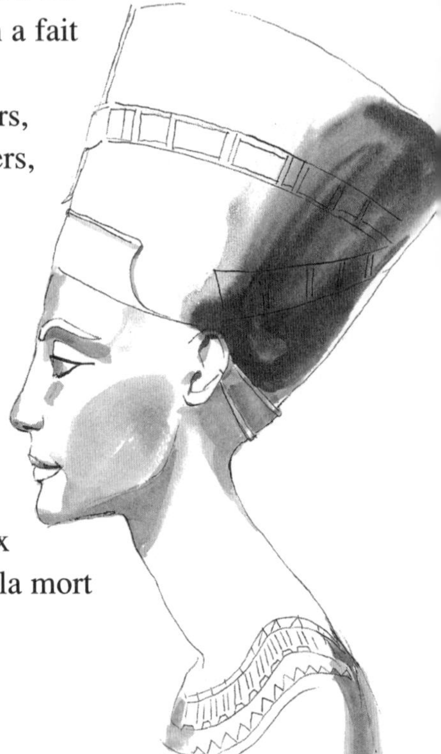

Nefertiti Nefer Neferouaton, femme d'Akhenaton, grande prêtresse d'Aton, dont le nom et le visage glorifient la beauté. Sa tombe n'a pas encore été retrouvée aujourd'hui.

Chapitre 10
Étranges invités

Imperceptiblement, le soir était tombé. Dutheil, prenant conscience de l'heure tardive, réunit tous les hommes, sous la toile de tente, autour d'un flasque de cognac qu'il gardait toujours dans sa poche.

– Nous venons de faire une découverte exceptionnelle, personne ne le sait encore... Vous avez vraiment envie d'aller vous coucher ?

– Où en sont les photos ? demanda l'un des assistants.

– Rachid est parti les chercher il y a une heure à Louqsor, il ne devrait plus tarder.

Au même moment, le grincheux vrombissement du camion se fit entendre, accompagné d'un autre bruit de moteur. Derrière le camion, un 4x4 Mercedes rutilant, deux rampes aveuglantes de projecteurs

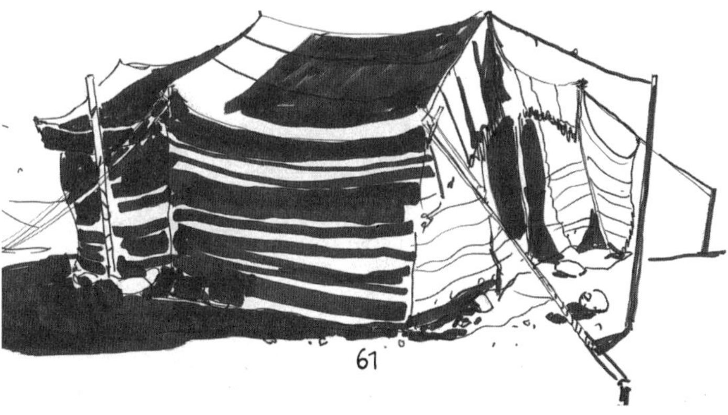

allumées, une sur le toit, une à l'avant, traçait son chemin dans la poussière sous les dernières lueurs du jour.

– Qui c'est ceux-là ? demanda Dutheil, en voyant descendre du 4x4 deux types qui roulaient des mécaniques.

– Ah ! monsieur Sarfatini et monsieur Weinberg ! s'écria l'un des assistants.

Les autres se regardèrent, interloqués. L'assistant serra chaleureusement la main des deux individus. Pendant ce temps, Rachid avait sauté du camion et apportait la précieuse pochette de photos à Dutheil.

– Montre-moi ça, dit ce dernier avec impatience, merci Rachid !

Fébrilement, il sortit les photos de la pochette et les effeuilla chacune avant de les jeter par terre.

– Vides ! De la pierre ! Rien ! Aucune trace !

– Regarde, insista le père de François, on distingue tout de même quelques signes ! Des lettres démotiques.

– Oui, je sais, râla Dutheil, mais quelques-unes seulement. Rien à voir avec ce qu'on a lu tout à l'heure.

– L'ibis ! La demoiselle machin, là. On la voit très distinctement.

Sur la photo, l'oiseau hiéroglyphique que le père de François avait identifié apparaissait très clairement, seul sur la pierre, alors que ce matin, il était entouré de texte.

– Un graffiti, tout au plus, qui ne montre rien… soupira Dutheil qui voyait sa découverte lui échapper.

– Écoute, mon vieux, lui dit le père de François, ne te désespère pas, on va faire traiter ces photos par ordinateur, on va passer les murs de cette tombe à la résonance magnétique nucléaire s'il le faut, mais on prouvera ce qu'on a tous vu.

– Chers amis, interrompit l'assistant, je vous présente monsieur Weinberg, administrateur du musée des antiquités de Berne en Suisse, et monsieur Sarfatini, mécène international et grand amateur d'art, des gens qui nous soutiennent depuis longtemps et que nos recherches intéressent.

– Oui… euh… enchanté, lâcha Dutheil, un peu embarrassé, l'esprit ailleurs.

Alors que son père saluait lui aussi les deux nouveaux venus, François écarquillait les yeux. Les deux individus là, devant lui, étaient ceux qu'il avait croisés la veille en

redescendant de la montagne. Les deux brigands, maintenant habillés de costumes de toile légers et élégants, faisaient des sourires à tout lc monde.

Il chercha Imzen, mais le jeune Copte avait disparu. Les avait-il aussi reconnus ? Se pouvait-il que ces deux affreux soient d'honnêtes amateurs d'égyptologie ? Il s'éloigna du groupe sans détacher son regard des deux supposés Suisses.

Les deux étrangers semblaient vivement intéressés par la découverte des chercheurs. Ils les assaillaient de questions et semblaient enthousiasmés par les réponses qui leur étaient données.

Les photos ratées passaient de main en main et chacun s'encourageait à surmonter cette déception, entretenant l'espoir de continuer à trouver des indices dès le lendemain.

« Psstt ! » François se retourna. Derrière la Mercedes grise, Imzen, à contre-jour des lumières des villages, lui faisait signe. Il s'approcha de la voiture.

– Tu as vu ? Tu les a reconnus ?

– Oui, il paraît que ce sont des égyptologues suisses.

– Tu blagues, Champollion ! Moi je te dis que ce sont des filous ! Je me suis renseigné chez moi. Ça fait plusieurs jours qu'on les voit rôder par ici. Ils ne

vont jamais sur les chantiers, toujours dans la colline.

– Je devrais en dire un mot à mon père.

– Non ! non ! Ne dis rien ! Il nous prendrait pour des fous. Mieux vaut attendre et observer, comme disent les Anglais. Tu te prépares à passer la nuit ici ?

– Oui, il paraît, pourquoi pas ? Comme ça, je pourrai surveiller. Tu restes aussi ?

– Non ! non ! Moi je ne dors pas dans le désert. Je n'ai pas envie de rencontrer les esprits des morts. Je rentre chez moi. Je te retrouve demain ! Salut ralbol !

– Imzen, attends…

Chapitre 11

Insomnies et éboulis

C'était la nuit noire dans la montagne thébaine. François ne dormait pas. Aux aguets, recroquevillé, les poings serrés sur le bord de son sac, il écoutait. Il croyait entendre des murmures, des bruits étouffés de pas, des chuchotements.

Que faisaient ces deux hommes dans son univers, auprès de son père ? Il ne pouvait s'empêcher de penser que leurs intentions étaient mauvaises. Il se sentait coupable de les avoir rencontrés l'autre jour, comme surpris en flagrant délit. En flagrant délit de quoi ? Et pourquoi ces deux hommes avaient-ils une arme ? De soupir en soupir, de somnolences en rêves flous, empreints d'angoisse et d'attente, la nuit passa, malgré tout.

Un bruit sourd se fit entendre à l'extérieur de la tente. Des pas… François se redressa brusquement. Le jour l'accueillit et vint laver les dernières traces de la nuit dans son esprit. Ensommeillé, mais soulagé, il regarda tout le petit monde du campement se réveiller.

Les deux Suisses étaient debout. Allumant un réchaud à gaz, ils s'apprêtaient à faire chauffer l'eau pour la café.

– Bonjour, jeune homme, lui lança, ironique, le petit râblé avec un fort accent du sud de la France.

« Un Suisse avec un accent du Midi ? Tiens, curieux ! »

– Bonjour, répondit faiblement François.

L'accès à la tombe de Djem-Nefer était toujours barré d'outils placés en travers depuis la veille. Le petit déjeuner rapidement avalé, les hommes s'empressèrent de reprendre le travail. Imzen et François partirent gambader alentour mais ils savaient que les deux Suisses les observaient de coups d'œil furtifs. Soudain, des cris se firent entendre. Les deux enfants accoururent.

– Vite des pelles et des pioches ! le plafond s'est écroulé ! Venez !

Sortant de l'ouverture béante de la tombe, Dutheil, gris de poussière, grimpait les escaliers en toussant.

Derrière lui, pêle-mêle, les assistants et les ouvriers se bousculaient pour se retrouver à l'air libre. Le père de François sortit lui aussi en époussetant ses vêtements d'où jaillirent de grosses volutes.

– Nous avons trouvé une sorte de couloir ! En voulant nous y engager, une partie du plafond a cédé et s'est effondrée en petits gravats sur nous !

– Il y a encore quelqu'un là-dessous ? s'enquit Dutheil.

– Non, c'est fini. Je suis sorti le dernier.

Les hommes secouèrent leur chemise et reprirent leur souffle en attendant que la poussière se dépose.

Au bout de quelque temps, Dutheil et son assistant pénétrèrent de nouveau dans l'ouverture. Immédiatement, les autres se ruèrent à leur suite pour avoir eux aussi le privilège d'être témoins d'une nouvelle découverte. Au fond de la pièce, derrière le sarcophage de Djem-Nefer, un couloir encombré de gravats s'enfonçait dans la paroi.

– Incroyable, encore un passage ! s'écria Dutheil.

– Où peut-il bien mener celui-là ? On va droit vers la roche. Il ne peut s'agir d'une autre sortie…

– Est-ce que ça descend ? demanda l'un des assistants à l'arrière.

– Écoutez ! cria soudain Dutheil. Taisez-vous ! Aucun bruit ! Chut…

De là-bas, du fond, de l'intérieur du couloir, on entendait distinctement tousser, des râles et des quintes de toux étouffées.

– Il y a quelqu'un là-dessous ! Mokhtar, aide-moi à dégager tout ça ! Écartez-vous, vous autres !

Dutheil et son assistant se mirent à déblayer les gravats, projetant dans la tombe des vagues de poussière dense. De temps en temps, ils s'arrêtaient pour écouter. On entendait toujours des râles, plus proches.

François et Imzen purent se faufiler vers le débouché du couloir. Le déblaiement se poursuivait à la lueur des lampes, quand enfin, sous les gravats, apparut une forme blanchâtre. Les chercheurs étaient pétrifiés. Un homme en djellaba et turban, gris de poussière, se relevait péniblement. Il écarta les bras et dit entre deux toussotements : « Merci, merci, Hamdullah ! » Il s'appuya contre les murs puis sur les épaules des hommes venus le sauver. À la lumière des torches, braquées sur son visage, Imzen et François, stupéfaits, le reconnurent : Ozer ! Mais que faisait-il là ?

Chapitre 12

De surprise en surprise

Les hommes du chantier entraînèrent le vieil homme vers le campement pour le soigner, mais il se débattait, comme s'il voulait fuir, détournant inlassablement son regard de ceux qui lui posaient des questions.

Les ouvriers égyptiens le regardaient d'un œil mauvais en suivant le groupe. Ils se mirent à l'invectiver et à crier de plus en plus fort. Ozer s'obstinait à ne pas vouloir s'asseoir et à refuser que l'on s'occupe de lui. Les ouvriers, encore plus menaçants, s'approchaient de lui et montraient le poing en l'insultant.

– Pourquoi l'insultent-ils ? demanda Dutheil au chef de chantier. Que leur a-t-il fait ?

– On le connaît tous, répondit Abbas, l'un des assistants. Nous sommes du même village. C'est une racaille copte ! Il ne fait que raconter des histoires à tout le monde.

Dutheil et ses hommes, interloqués, ne savaient plus quelle attitude adopter. Ils lâchèrent le pauvre Ozer qui en profita pour s'enfuir avec toute la précipitation que ses vieilles jambes lui permettaient. Les ouvriers firent mine de le poursuivre en lui lançant des cailloux.

– Laissez-le ! s'interposa le père de François. Il ne peut rien vous faire ! Laissez-le s'en aller !

– Il est rentré dans le tombeau ! Il a effacé des signes, il a volé des objets !

– Ne dites pas n'importe quoi, tonna Dutheil, il n'avait rien sur lui ! Il n'a pas eu le temps de faire quoi que ce soit. Que voulez-vous qu'un vieillard comme lui puisse voler dans une tombe où il n'y avait rien ?

Les ouvriers s'immobilisèrent, une expression de défi sur leur visage. François et Imzen avaient suivi toute la scène, effrayés.

– Tu vois, dit Imzen, comment on traite les Coptes aujourd'hui ? Tu comprends pourquoi je ne veux pas dire que je suis copte ?

– Oui, je vois. Mais pourquoi Ozer ?

– Oh rien ! C'est juste un original. Il n'arrête pas de prononcer des discours bizarres et de menacer tout le monde de la vengeance des anciens. Alors ils en ont marre, ils le chassent de partout.

– Mais comment est-il arrivé là ? Tu as vu ? Il n'est pas rentré dans le tombeau par l'escalier, et pourtant, on l'a retrouvé au fond du couloir secret !

– Aucune idée ! vraiment je ne comprends pas…

– Moi non plus, je ne comprends pas, dit une voix suave, juste derrière eux.

– Monsieur Sarfatini ? Ah ! je ne vous avais pas vu !

– Tu sais, quand on court l'aventure, il faut savoir être discret.

– Ah ! oui… discret, dit François d'un air embarrassé.

– Il paraît que ton jeune ami est copte lui aussi ?

– Oui… euh… non !… Enfin je ne sais pas…

– Il pourrait peut-être nous aider à retrouver le vieux ?

– Retrouver Ozer ? Mais pourquoi ?…

– Ozer ? Je ne sais pas, moi, peut-être connaît-il un passage secret, sinon, comment se serait-il retrouvé dans ce couloir ? hein ?…

– Je n'en sais rien ! dit brusquement François en repoussant la main de l'aventurier qui lui pressait le bras. Il se leva soudain et courut vers son père.

Sarfatini le regarda fuir en souriant, puis il se releva pour aller parler à son comparse.

Ayant quitté le campement, les ouvriers s'en étaient retournés vers leur village. Dutheil et ses hommes brûlaient d'envie d'aller voir ce couloir. Assis en rond, ils étaient plongés dans une intense discussion visant à élucider le mystère de la présence d'Ozer dans le couloir secret.

La plupart des hommes étaient persuadés qu'une autre issue conduisait au tombeau de Djem-Nefer. Il ne restait plus qu'un jour de fouilles, autant dire que tout espoir de trouver autre chose était infime. Sans ouvrier pour réparer les dégâts de l'éboulement, ils devraient se contenter de la partie déjà explorée de la tombe.

– Mais pourquoi ne peut-on pas nous-mêmes dégager les gravats ? demanda François à son père.

– Parce qu'en Égypte, sur un chantier de fouilles, tu es obligé par les autorités d'employer de la main-d'œuvre locale, sous peine d'amende et de fermeture du chantier.

– François ! chuchota une voix. C'était Imzen qui lui faisait signe de venir à l'écart. Je pressens quelque chose. Je me demande bien ce que font les deux affreux. Il faut trouver Ozer. Lui, il sait !

Chapitre 13

Poursuites nocturnes

Le soir était maintenant tombé sur la Vallée des Rois. Dans la pénombre, Imzen et François grimpaient le long des escarpements d'el Qurn, la montagne en forme de pyramide au pied de laquelle les pharaons des dix-huitième, dix-neuvième et vingtième dynasties, il y a quatre mille ans, avaient choisi de reposer pour l'éternité.

Imzen courait comme le vent, déjouant les pièges du sable et des cailloux. François peinait à le suivre. Le jeune Copte semblait savoir exactement où il allait. Sans hésitation,

il continuait à monter le long de la pente raide.

Lorsqu'ils arrivèrent au pied de la dernière falaise qui bordait un plateau sommital d'une épaule de la montagne, Imzen s'arrêta.
Il faisait nuit noire. Tout en bas, on voyait scintiller les lumières de la vallée et de la ville de Louqsor. Imzen fouilla dans sa djellaba et en tira une lampe torche.

– Et maintenant tu vas voir, sourit-il. Il dirigea le faisceau de sa lampe vers la rocaille abrupte, et François put y distinguer des creux, très réguliers. En remontant le faisceau de lumière, Imzen lui montra une sorte d'escalier, taillé dans le roc.

– Tu vois ça, c'est pour monter là-haut. Tout le village connaît cet endroit. Certains disent même que c'est Ozer, lorsqu'il était jeune, qui a taillé ces marches. Je sais qu'il y va souvent, et quelque chose me dit qu'il est venu y chercher refuge ce soir. Viens ! On monte.

Un cri. Des éclats de voix. Les deux enfants s'immobilisèrent, retenant leur souffle. Le cœur de François battait la chamade. Ils entendaient plus

distinctement. Des hommes parlaient fort, sur un ton menaçant. Ils distinguaient aussi une plainte, plus sourde.

Ils s'avancèrent en direction du bruit des voix. Imzen avait éteint sa torche. Les yeux habitués à la pénombre et aidés par le contre-jour offert par les lumières de la vallée, ils virent distinctement trois ombres, un peu plus bas. Ils reconnurent alors la longue silhouette d'Ozer, les mains devant la figure, alors que les deux autres faisaient mine de le frapper.

– Alors, tu vas nous le dire où il se trouve ce passage, moricaud ?

– Oh ! y en a marre maintenant ! cria le plus petit, laisse-moi faire. Il leva un bras et frappa violemment Ozer au visage. Le vieil homme s'écroula en arrière, dans un nuage de poussière.

– Nooon ! hurla Imzen sans pouvoir retenir ce cri d'indignation.

– Qu'est-ce que vous fichez là ? Allez-vous-en, c'est pas pour les enfants !

– Laissez-le, dit fermement Imzen.

Ozer s'était redressé sur un coude et regardait, médusé, la scène dans la pénombre.

– Allez, les enfants, je vous l'ai dit, rentrez au camp, on s'arrange avec ce menteur. Vous n'avez rien à faire ici.

En disant cela de sa voix douceâtre, Sarfatini, car c'était bien lui, s'avançait lentement vers les deux enfants.

– C'est plutôt vous, le menteur, monsieur Sarfatini, vous n'êtes pas égyptologue.

– Ah bon ? qu'est-ce qui te fait dire ça, petit ? Je te trouve bien insolent…

– Laisse ! interrompit Weinberg. Partons d'ici, ces deux mouchards pourraient bien aller pleurer dans les jupons de Dutheil.

– Laisse-moi au moins faire taire le petit moricaud, je vais lui faire passer l'envie de se mêler de ce qui ne le regarde pas.

Instantanément, il bondit vers Imzen.

– Imzen ! cria François. Va-t'en ! Vite !

Plus vif que Sarfatini, le jeune Copte avait anticipé le geste de l'homme. D'un saut il avait brusquement reculé, sans se tourner. Puis prestement, il se mit à courir vers la vallée. Sarfatini, dans son élan, lança son bras pour lui faire un croche-pied, mais trop tard, il s'effondra de tout son long dans le sable.

Chapitre 14

Le secret d'Ozer

Imzen s'était évanoui dans le noir. Après avoir tenté de le suivre, François s'était décidé à redescendre vers le camp. C'est alors qu'il entendit la voix d'Ozer. Il se retourna et marcha timidement vers lui. Les deux autres avaient disparu.

Le vieil homme gisait sur le côté, la main sur le genou qui semblait le faire souffrir.

– Vous êtes blessé ? demanda François.

– Oui, je me suis fait mal en tombant, mais ce n'est pas grave. Ils sont partis ?

– Je crois. En tout cas, je ne les vois plus.

– Méfie-toi de ces hommes, petit, ils sont mauvais, ils ne suivent que leur cupidité et sont prêts à détruire et à tuer pour la satisfaire.

– Voulez-vous que j'aille chercher du secours ?

– Non, non ! surtout pas ! N'amène personne ici, je ne veux pas qu'ils me voient.

– Pourquoi ne voulez-vous pas qu'on vous voie ?

– Dis-nous, s'il te plaît, Ozer ! résonna une voix au-dessus d'eux.

– Imzen ! Tu es revenu ?

– Je n'ai eu aucun mal à les semer, d'ailleurs ils sont redescendus, ils avaient trop peur qu'on les trouve là à se battre contre deux enfants et un vieillard.

– Écoutez-moi, tous les deux. Je peux vous parler parce que votre cœur est juste, celui des Français qui travaillent dans le tombeau du fidèle aussi. Je sais qu'ils ne feront pas de mal et qu'ils ne saliront pas le souvenir de Djem-Nefer.

Ne craignez rien pour moi. Je n'ai pas besoin de me faire soigner. Ces deux-là ne peuvent rien contre moi, mais malheur à eux, car ils ont osé lever la main sur un serviteur de l'Unique. La malédiction les poursuivra toute leur vie !

Ozer reprit son souffle et parla plus bas.

– Depuis des siècles, l'un d'entre nous veille sur le secret de « Celui qui plaît à l'Unique », et il en sera toujours ainsi pour les siècles à venir. Les hommes ne peuvent rien contre ce qui est inscrit dans le ciel. Après moi, un autre viendra, peut-être toi, Imzen, si tu es assez fort et assez sage pour connaître le secret et le garder.

– Ozer, comment se fait-il que tu te sois retrouvé dans ce couloir secret ?

– Ce secret, comme vous dites, se transmet depuis des milliers d'années, depuis le jour où Djem-Nefer, grand serviteur secret d'Aton l'Unique, décida de changer l'endroit où avait été caché le corps du grand roi Nefer-Kheperu-Rê Uâ-en-Rê. Il en révéla les éléments sur un texte magique, dans une des chapelles de son tombeau. Ce texte était écrit pour disparaître au contact de la lumière. Il était écrit en vieux langage, mais il était codé. Tous ceux qui pourraient le lire, s'ils n'avaient pas connaissance du code, n'y auraient lu qu'une histoire de momie, cachée dans la Vallée des Rois.

– Djem-Nefer n'était pas ce que l'on croyait ? Le flabelli… truc du pharaon Ramsès IX ? demanda François.

– Si ! Mais en secret, il était aussi le gardien fidèle du culte d'Aton, et son grand prêtre. Ce titre lui avait été transmis par son prédécesseur, qui le tenait lui-même d'un fidèle. Et l'origine de ces fidèles remonte à Akhenaton, qui demanda lui-même à un de ses serviteurs de veiller sur le culte d'Aton. Nous sommes les descendants de cette parole.

Akhenaton célébrant Aton, le disque solai aux rayons porteurs de vie. Chacun des rayons est terminé par une main qui vient bénir le roi et tout ce qui l'entoure. L'une d'entre elles est porteuse du signe « ank le signe de la vie.

– Ça ne nous dit pas ce que tu étais venu faire dans ce couloir, ni par où.

– Lorsque je suis arrivé dans le couloir, c'était pour vérifier que le texte magique avait bien disparu. C'est alors que le couloir s'est effondré. Ce couloir, je le connaissais depuis longtemps, comme tous les serviteurs de l'Unique. Nous, les « fidèles », nous nous sommes révélé oralement les secrets, de génération en génération, pour que jamais le repos du Grand Roi ne soit troublé et qu'on ne l'expose pas dans un musée, comme vous le faites en Occident avec nos pharaons, sans respecter leur dignité ni leur volonté !

Ce couloir n'est qu'un des multiples passages secrets qui serpentent à travers la montagne et qui restent encore cachés, et pour longtemps ! Mais nous, les fidèles, nous connaissons tous ces passages.

Cependant ne rêvez pas ! Le corps du Grand Roi, Akhenaton, le fils aimé de l'Unique, jamais ne sera retrouvé ! Ces couloirs et ces caveaux ne sont là que pour égarer les pilleurs de tombes, les voleurs de trésors et les profanateurs ! Le tombeau du Grand Roi repose pour l'éternité dans un lointain désert que jamais un égyptologue ne saura traverser. Ce secret, gardé depuis des millénaires, restera enseveli jusqu'à la fin des temps et nul ne pourra troubler la paix du grand Akhenaton.

– Mais pourquoi nous dis-tu tout cela, Ozer ? Nous pourrions aller le raconter à Dutheil et aux autres ?

– Mais non, personne ne croira les affabulations de deux enfants égarés par leur rêve d'aventures. Allez ! Redescendez maintenant. Allez rejoindre votre temps et les vôtres, et laissez le passé reposer en paix.

Ci-dessus, le masque d'or qui couvrait le buste de la momie de Toutankhamon, roi mal connu, dont la tombe fut retrouvée intacte en 1922. Il était l'héritier d'Akhenaton (en haut à droite) sans que l'on connaisse le lien de parenté qui les unissait. Amenhotep III (en bas à droite) était lui, le père d'Akhenaton.

Neb M

Nefer Kheperou Rê Wa en Rê

Amenhotep

Akhenaton

Amenhotep 

Chapitre 15

Les grands esprits se retrouvent

– Où étiez-vous donc passés ? s'écria le père de François en voyant revenir les deux enfants au camp. Cela fait une heure que l'on vous cherche partout ! Rentrez vite sous la tente, la police est là, ils vont nous poser quelques questions et nous ramener à Louqsor.

– La police ? demanda François.

– Oui, la police, ils sont à la recherche de nos deux Suisses. Sarfatini et Weinberg sont en fait des trafiquants d'antiquités. Ils étaient déjà fichés

chez les Égyptiens, qui les ont immédiatement mis sous surveillance.

La main sur leur épaule, le père de François les mena vers la tente éclairée devant laquelle un attroupement laissait deviner la présence des enquêteurs. Mais à peine avaient-ils fait quelques pas qu'Imzen se déroba subitement et courut vers le bas de la vallée.

– Imzen ! Imzen !

– Laisse-le, papa, dit François. Il n'a rien à leur dire. Ils pourront le retrouver quand ils voudront dans son village.

– Oui, tu as peut-être raison, allez, viens !

L'interrogatoire des policiers dura peu de temps. François ne révéla rien de sa rencontre avec Ozer, il se contenta de dire qu'il avait vu les deux faux Suisses qui cherchaient le vieil homme sans le trouver.

Une heure et demie après, ils avaient rejoint l'hôtel de Louqsor où François s'effondra dans un sommeil profond, parcouru de rêves incompréhensibles.

Le lendemain sonnait l'heure du départ. François regardait distraitement les sommets de la montagne thébaine, de l'autre côté du fleuve. Il pensait à Imzen. Le reverrait-il un jour ? Il songeait à Ozer, à son message de la veille, au secret du roi Akhenaton, gardé depuis tant d'années et qu'il devrait garder lui aussi.

Le temple de Louqsor, sur la rive droite du Nil, construit par Amenhotep III, est aujourd'hui complètement intégré dans la ville. Une mosquée a même été construite à l'intérieur.

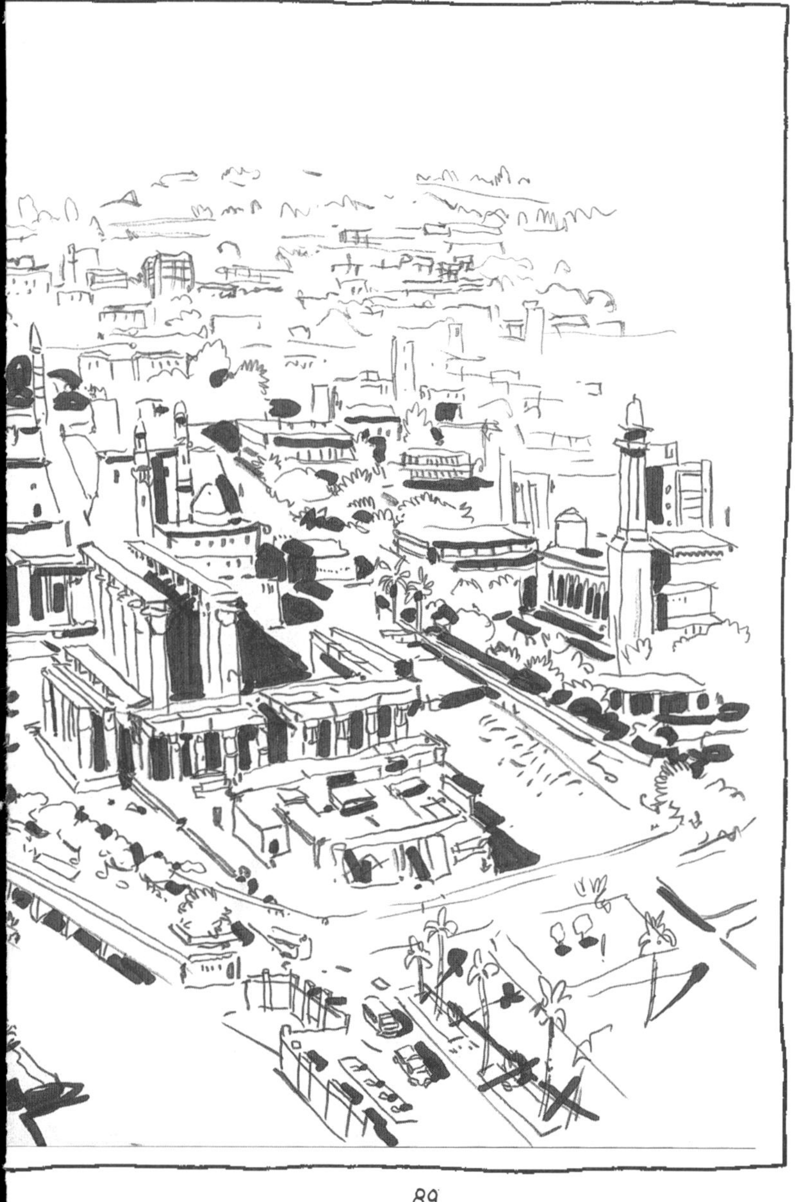

Le mystérieux profil d'Akhenaton était-il le fruit d'une malformation ou une représentation symbolique? Aucun égyptologue ne le sait encore aujourdhui.

– Papa, comment se fait-il qu'on n'ait rien retrouvé du temps d'Akhenaton ?

– On n'a pas « rien » retrouvé. Il reste des traces, des fondations de bâtiments, des ruines. Et puis beaucoup des temples de ses successeurs sont construits avec des pierres récupérées des temples d'Aton. Akhenaton a été un grand bâtisseur, peut-être le plus grand. De nombreuses pierres de ses temples ont été retrouvées à Karnak et elles ont beaucoup appris aux égyptologues.

– Pourquoi les successeurs d'Akhenaton n'ont-ils eu aucun respect pour ce qu'il avait instauré ?

– Akhenaton a choqué beaucoup de gens par son radicalisme. Son dieu était trop abstrait, trop nouveau par rapport aux habitudes religieuses de son peuple. Il n'a pas été compris ni accepté.

– Mais les pharaons ne pouvaient-ils pas imposer au peuple ce qu'ils voulaient ?

– Pas vraiment. Ce peuple avait une culture établie

depuis des siècles, et on ne change pas une culture aussi facilement, même sous la contrainte.

– Qui étaient les successeurs d'Akhenaton ?

– Son successeur désigné s'appelait Smenkharé, mais il régna moins d'un an. Un autre adolescent, qui avait épousé une des filles d'Akhenaton, prit sa suite sous le nom de Tut-Ankh-Aton. Il retourna à Thèbes et prit le nom de Toutankhamon, pour bien montrer qu'il revenait aux anciens dieux et que les prêtres d'Amon revenaient aux affaires. Il régna neuf ans. Puis il y eut Ay, un général, qui ne régna que quatre ans, dans une atmosphère de guerre civile. Enfin, Horemheb, général, lui aussi, arriva sur le trône. Ce fut un grand pharaon et l'un des plus grands « récupérateurs » des constructions de cette période, qui édifia des temples à Karnak, à Memphis et en Nubie. Ce fut lui qui fit définitivement marteler et effacer les inscriptions au nom d'Aton et de son serviteur Amenhotep IV.

C'est pour cela que la découverte d'hier, dans la tombe de Djem-Nefer est essentielle. Nous savons maintenant que le culte d'Aton a survécu, que des « fidèles » ont continué à garder le secret, et qu'ils ont probablement préservé la momie et le trésor d'Akhenaton et de Nefertiti.

Tu te rends compte que lorsqu'on a découvert la tombe de Toutankhamon, elle renfermait encore des trésors inouïs, des objets et de l'or, comme jamais on n'en avait vu. Imagine alors ce que pouvait être le trésor de l'immense Akhenaton, par rapport à celui du faible et jeune Toutankhamon ?

– Crois-tu qu'on le trouvera un jour ? demanda François en pensant aux paroles d'Ozer.

– Je ne sais pas. Quelque chose me dit qu'on ne le trouvera jamais, mais qu'il existe. Mais tu sais, l'essentiel là-dedans, ce n'est pas le trésor, ni même la momie. C'est la quête d'un homme, qui par intuition ou par révélation, a voulu conduire tout un peuple, toute une civilisation, vers son dieu unique, plein d'amour, créateur et transcendant, et qui pour cela n'a pas hésité à tout réformer, pacifiquement semble-t-il, l'art, l'architecture, les institutions et l'organisation du pays. Aveuglé par son rêve fou, il n'a pas pu voir qu'il était allé trop loin pour les siens, et que tout s'écroulerait après sa mort.

Le vrai trésor d'Aton, c'est celui qui était dans le cœur du pharaon : la soif de dieu.

***

Une semaine après ce matin-là, il n'y avait pas d'école, mais François s'était levé tôt. Distraitement, il avait ouvert la porte pour prendre le journal et le courrier. Il y avait une lettre pour lui, qui venait d'Égypte. Surexcité, il se précipita dans un fauteuil, déchira l'enveloppe et lut :

Ô Aton ! Sublime disque vivant !
Loin et proche à la fois,
Quand tu poins, magnifique, à l'horizon du ciel,
Brillant à l'horizon d'Orient,
Toute terre est par toi emplie de ta beauté,
Lointain dont les rayons sont pourtant sur la terre,
Et de chaque être humain caressent le visage.

Au bas de la lettre, d'une écriture maladroite, il pouvait lire : « Garde cela dans ton cœur, comme nous te gardons dans le nôtre. »

Signé : tes « fidèles », Imzen et Ozer.

Table des matières

Pour en savoir plus

Ouvrages de fiction
– *Le Cavalier du Nil*, Alain Surget, Flammarion-Père Castor, 2000.
– *L'Héritier du désert*, Evelyne Brisou-Pellen, Hachette-Jeunesse, 2000.
– *La Momie bavarde*, Odile Weulersse, Hachette-Jeunesse, 1999.
– *L'Œil d'Horus*, Alain Surget, Flammarion-Père Castor, 2000.
– *Les Pilleurs de sarcophages*, Odile Weulersse, Hachette-Jeunesse, 1999.
– *Les Aventures de Blake et Mortimer, Le Mystère de la grande pyramide*, Edgar Pierre Jacobs, 1991.
Ouvrages documentaires
– *É comme Égypte*, Marie Sellier et Elisabeth Delange, Réunion des musées nationaux, 1997.
– *L'Égypte des pharaons*, collectif, Tana éditions, 2000.
– *L'Égypte et la Grèce antique*, collectif, Gallimard Jeunesse, coll. « Découvertes Junior », 1998.
– *Mémoire de l'Égypte*, George Hart, Gallimard Jeunesse, coll. « Les Yeux de la Découverte », 1990.
– *Sur les pas des pharaons*, collectif, Gallimard Jeunesse, coll. « Racines du Savoir », 2000.
– *Vivre comme les Égyptiens*, Philip Steele, éditions De La Martinière Jeunesse, 1998.

Autres titres de la collection

Loi n°49-956 du 16 juillet 1949
sur les publications destinées à la jeunesse
ISBN 2-07-054648-9
Numéro d'édition : 99616
Dépôt légal : avril 2001
Imprimé sur les presses de l'Imprimerie Hérissey à Evreux (Eure).
N° d'imprimeur : 89540